수풀떠들썩팔랑나비

사이펀 현대시인선 25
수풀떠들썩팔랑나비

© 2024 김 곳

초판인쇄 | 2024년 12월 10일
초판발행 | 2024년 12월 15일

지 은 이 | 김 곳
펴 낸 이 | 배재경
펴 낸 곳 | 도서출판 작가마을
등   록 | 제 2002-000012호
주   소 | 부산시 중구 대청로141번길 3, 501호(중앙동, 다온빌딩)
        T. 051)248-4145, 2598   F. 051)248-0723   E. seepoet@hanmail.net

ISBN 979-11-5606-277-6   03810   정가 12,000원

※ 본 도서는 2024년 부산광역시, 부산문화재단 지역문화예술특성화 '부산문화예술지원사업'으로
   지원을 받았습니다.

사이펀 현대시인선 ㉕

수풀떠들썩팔랑나비

김 곳 시집

도서출판
작가마을

십 년 만이라니,

나의 시 쓰기는 다소

안일했다 자책한다

그렇지만

나다운 방식이다.

올해

대한민국 작가가 노벨문학상을

수상했다

나의 세 번째는

이 충만한 기운에 스미다.

2024년 12월
김 곳

김 곳 시집

· 차례

siphon

김 곳 시집

· 차례

siphon

사이펀
현대시인선
25

수풀떠들썩팔랑나비

김곳

| 1부 |

썸머 세레나데

제철 만난 매미가 노래한다
죽을힘 다해 사랑하겠다고
여름을 달구며 노래한다
이글이글 지구가 흐물거리는데
간절한 맹목은 밤낮으로
Nessun Dorma! Nessun Dorma!
가 닿으려는 끝은 어디인가
쩌렁쩌렁 울어 재끼던
맹목의 끝은 어디로 갔을까
기도의 끝에 닿은 듯
그 결정체로 남겨진
매미의 허물

백 년의 목숨 줄도 놓치지 않겠다고
인간의 욕망은 죽어도 죽지 않고 부활하는데
긴 어둠이든 허공을 향한 노래든
맹목의 끝은 바람 드나드는
텅 빈 집

시간을 그리다

학교 운동장 옹벽에
그림 한 폭 걸려있다

내장까지 말라비틀어진 주검으로
명당자리 차지한 채 수묵화라 했나?

홀로 설 수 없는 자신을 일으켜 세우며
한 뼘 한 뼘 오른 머리맡에 손 내민 햇살이
뜨거운 뺨을 비벼준다

겨우내 차가운 벽 속을 다녀왔는지

기생寄生이란 꼬인 근성 형벌이라 하지만
존재의 의미는 스스로 채색하여 입는 옷

면벽도 수행이라
절벽이었다가
담쟁이었다가

묵묵히 응시하다 보면
비로소 닿게 되는 정점
손끝이 하늘이건
벽의 내부이건

꽃보다 눈부시게 타오르는
담쟁이처럼

수풀떠들썩팔랑나비

병든 닭처럼

눈꺼풀이 내려앉는 한낮

금가루 뿌린 바다의 수면이

지하철 유리창에 일렁인다

도심을 질주하는 내내

귓가에 맴도는 수상한 주파수

청각장애인 둘이 마주 앉아

팔랑춤을 춘다

소리가 없는 그들은

손가락이 입술이고 글자다

손가락이 목소리고 노래다

천수 날개 돋는 나비였다가 벌새였다가

현란한 저 손놀림

개망초로 엉겅퀴로 쉴 새 없이 분주한

손가락 춤사위

나비들 짝 춤에 신나서 달리는 지하철 안 소리들이

날개를 파닥이며 날아다닌다

수풀 떠들썩한 궁금증이 풀렸다고

허공의 손잡이들 흔들흔들 흔들흔들

수풀떠들썩팔랑나비

수풀떠들썩팔랑손나비

딸기우유와 소주

　— 서규정 시인

　도무지 상상이 안 가는 궁합입니다
　황야를 주름잡던 사나인데요 알콜중독은 아니라면서
　술만 입에 댔다 하면 보름이고 한 달이고 깡소주에 유
일한 안주가
　딸기우유랍니다
　그래도 딸기코는 본 적이 없습니다
　텔레비전 중독도 아니라는데 입만 열었다 하면 야구랑
드라마로
　이빨을 깝니다
　그가 향수병을 벗어나는 유일한 탈출구 같습니다

　태양의 후예 괜찮던데 드라마 봐? 감성이 앞서 말랑해
져서는
　찰진 언변으로 청중을 휘어잡는 전기수가 됩니다
　휴머니티도 있고 남자 주인공 송중기가 나긋나긋하니
괜찮아,
　삶을 돌아보며 순간순간의 포착으로 지난 삶의 퍼즐을
맞춰가는데
　그 장면을 이야기할 수 있는 기억의 공유자가 유일한

향기 아니겠나,

 달달하고 나긋나긋한 딸기우유 향기가 나는 시가 써질 것도 같습니다

 그의 말처럼 포착되는 순간들이 다 삶이 되든 시가 되든 뭐라도 된다면

 내일이라도 나는 쪽팔리지 않은 시인이 되지 않겠습니까

 쩡쩡한 그의 시 세계만큼이나 말솜씨 또한 여문 알밤처럼 오독오독 맛났는데

 밥보다 술이 더 찰랑거린 탓인지 뚝뚝 끊어진 시간을 붙들지 못합니다

 벌써 퍼즐 빈칸이 머릿속에서 맴돌게 될 줄 몰랐습니다 그러니까, 비는

 객지에서 먼저 젖고 있었는지도 모를 일입니다*

* 서규정 시인의 시집 『그러니까 비는, 객지에서 먼저 젖는다』

종이에 숨겨진 칼날

  지난 과오는 그냥 눈감아 준 적이 없다 종이에 손가락을 베이고 흠칫 놀랐다 종이에 칼날이 숨겨져 있을 것이라 생각도 못했던 것처럼 네 상처의 통증에 비수가 있어서 놀란다 그 상처가 나와 무관하지 않다는데 정작 나는 백치미를 풍기는 얼굴로 코스모스처럼 웃는다면 상처는 환장할 일이겠다 잘못은 대가를 치러야만 끝난다 너의 통증은 나의 눈물과 콧물에 씻겨 내려가야 사라진다고 한다 성인이 된 아이가 과거를 소환하듯 문득 질문을 던질 것이다 내가 무얼 좋아했는지 좋아하는 동물은 뭐였는지 묻거든 대답에 소홀하지 마라 절대 뒤통수를 보여서는 안 될 것이다 백치미를 가장한 종이에는 숨겨진 칼날이 있다 지난 과오를 지나친 통증의 유발이다 방관하지 말라 방관했던 나는 상처를 쥐어 뜯는 아이의 고통과 몸부림에 하늘이 무너졌다 곰처럼 우직하고 순한 사람은 없다 곰의 습성을 알고나 곰 같다 말하라 지금껏 너를 사랑한다 말하면서 앞모습이 아닌 등만 보인 채였다는 사실도 미처 몰랐다 뒷통수가 얼굴이 되어 있는 걸 몰랐다 미안하다 미안해서 밤새 울어대는 풀벌레 소리가 나 대

신 미안하다 미안하다 노래를 불러대서 잠 못 드는 밤이
다 종이는 칼이 아니지만 무심할 때 비수가 된다

아버지의 비누탑

비누를 보면 고양이가 생각난다
틈만 나면 제 몸을 핥고 있는 고양이
익숙하게 당기는 난감한 혈통이 야옹 야옹
내 손에서 비누는 고양이의 혀가 된다
남의 몸을 핥느라 얇아진 혀

세상에 버릴 것이 없다
아버지는 세면장에 뒹구는 비누로 탑을 쌓았다
공들여 쌓은 공로가 돌탑뿐이겠나
새 비누는 혀들을 업고 어부바, 어부바
할머니를 업고 할아버지를 업고 어부바, 어부바
비누를 핥고 지나간 얼굴은 쌓는다

나는 비누를 뭉치며
오늘도 공들여 아버지를 쌓는다

손톱 변천사

1. 네일아트

상상은 지금 바로 현실이 돼요
안녕하세요 고객님, 기분 전환이 필요하시다면
손끝에 날개를 달아드려요
물 한 방울 안 묻히게 해준다던 새빨간 프러포즈를
지금쯤 까맣게 잊어버리지 않으셨나요
기계가 알아서 다 해줄 AI시대가 올 줄 몰랐어요
오늘 당신의 손이 당신을 귀족으로 만들어 드립니다
프렌치 시럽, 미러파우더, 자석 유리알, 유리알 네일
손끝으로 터치만 하시면 됩니다
시크한 거북이 가죽 프린트는 어떤가요? 그야말로 시
크하죠
아니면 코케트 리본이 달린 핑크프렌치팁으로 요염한
여성스러움을
연출할 수 있답니다 이와 대비되는 블랙 페이터트 레더
프렌치팁은
핑크와는 대조적이죠 강렬한 색감으로 파티 룩에도 독
보적이거든요

이건 어떠신가요? 베다즐 보석 프렌치는 눈부신 손끝의 보석이

겨울왕국의 공주처럼 매혹적이랍니다

날씨가 더워질수록 시원한 바다를 떠올리는 파란색과 하늘색 계열도 좋겠죠, 물 한 방울 안 묻히시도록, 고객님의 손을

잘 구워드리겠습니다

2. 봉숭아꽃

숱 많은 내 머리만큼이나

잘도 자라던 봉숭아

여름날 장독대에 계집아이들 불러 모으고

콩콩 찧은 초록을 손톱마다 동여매었지

뭉개진 꽃 이파리 꽃물 들 때까지

오렌지빛 손톱 펼쳐보며

첫눈 오기 전까지

3. 엄마 손

고구마 순 벗기던
토란 대 벗기던
머윗대도 호박잎도 술술
엄마 손은 물푸레나무가 되었지
봄여름가을겨울 허리 굽은 줄 모르고
엄마 손끝은 늘 칙칙한 풀물색
혀끝에 고이는 건 '헌신獻身'이라 써놓고
나물 먹고 싶다

누룩, 꽃

산성 아래 오불오불 깃들어
불로 밭을 만들고 꽃나무를 심자
마을이 되었지요

이곳은 산성마을 그들만의 터전
산간 마을엔 누룩이 작물이라
술 빚는 일 농사 중 농사라서
목 놓아 종 울리던 터널도 지났지요

낙숫물처럼 별이 떨어지기도 하는 날엔
누룩이 꽃으로 피어, 술이 익어가고
가을 한낮, 햇살 방석에 장독들
동그마니 생각에 잠겨있고요

산속이라 초록 오지
금정산성 금성동
맨드라미 붉게 타오를 때
유가네도 김가네도

담장마다 담쟁이 뜨개질을 하고

꽃망울 터트리며 막걸리가 익어가요

어떤 구인 공고

당신도 저의 가족이 맞습니까?
당황스러운 질문에 '예'라고 답하셨습니까
방학이 아이에겐 방전 직전의 위기 탈출입니까
기차가 달리는 속도보다 먼저 도착한 풍선은 누구입니까
손가락 걸어본 적 없어도 묵언의 약속이 끈이고
그리움이라는 허기에는 수혈 가능한 핏줄만 희망이 됩
니까
누구도 대신할 수 없는 부재의 대상은 누구의 무지개입
니까
아빠 없는 아빠의 집에서 아빠를 기다리면 또다시
콩나물처럼 쑥쑥 자라는 의문부호를 망치로 두드려
주시겠습니까

저도 당신 가족이 맞습니까?
아이가 자란 왕국은 금지된 항목이 많은 엄마의 집입니
까
할아버지할머니삼촌숙모이모이모부까지대가족입니까
문득 없는 엄마, 모든 게 있지만 있어야 할 게 없어도 사
랑입니까

앵두나무 아래에서 할머니의 빨간 눈물을 받아먹으면
잘 자랍니까
할아버지는 어디를 들이받을 줄 모르는 고장 난 트럭이
되었습니까
화단에 죽단화는 할아버지를 점령한 것도 아닌데
노란 꽃무덤은 왜 지겹도록 피는 겁니까
집 나간 삼촌이랑 이모는 돌아오는 길이 지겨우셨습니
까
마당 귀퉁이에 캉캉 드레스 입은 채 서 있는
가이즈카 향나무에게 신나는 음악을 들려주시겠습니까

저랑 같이 사실 분 구합니다

욕실에서 혼자 버블건을 발사하던 아이가
카톡 단톡방에 SOS를 날립니다
대가족 방이지만 대답 없는 방
아무 답이 없어도 아이는

계속 버블건을 쏩니다

메시지를 날립니다

★저랑 같이 사실 분 구합니다★

★저랑 같이 사실 분 구합니다★

★저랑 같이 사실 분 구합니다★

★저랑 같이 사실 분

구합니다★

★저랑 같이 사실 분

구합니다★

영도影島, 파도꽃

날 선 일기는 망나니의 칼춤 같다
테트라포드를 내리치는 파도가
산산이 부서진 통증이 꽃상여로 떠 간다
흰 여울 길은 언제나 들썩이는 어깨를 다독여 주네
다리 건너 저편은 노을이 꽃피는 무지갯빛 도심
꿈은 언제쯤 날개를 펼칠까
유토피아의 불꽃은 늘 저쪽에서 찬란하네
파도처럼 나는 왜 거친 숨 멈출 수 없고
바위를 내리치며 절벽을 뛰어 오르려 하나
새하얗게 흐드러진 꽃이라도 되고 싶은 걸까
제 속이 다 멍투성인 줄 모르는 푸른 것들이
솟구쳐 오르던 지친 몸을 둥글게 말고 있다

숨 고른 파도가 푸른 발목을 어루만지네
갈매기는 날개라도 있고
물고기는 지느러미라도 있어
단단한 심지로 다시 나아가야지

자그르르 자그르르 자갈돌이
파도 속을 구르고 있는

사이펀
현대시인선
25

수 풀 떠 들 썩 팔 랑 나 비

김 곳

| 2부 |

영면永眠

백수白壽를 앞두고 가물어 가던 호수가 사라졌네 현실이란 게 때론 감았던 눈 뜨는 일처럼 하루를 열고 닫는 일이었어 눈과 눈꺼풀이 생과 사의 경계였어 호수가 있던 자리에 그림자로 드러누운 야윈 구름이 마른 목을 적시고 있네 호수가 있는 숲을 나서기 전 그렁한 눈빛 보긴 했었네 이미 새털구름 저만치 떠가고 눈물샘 마른 지 오랜 마음에 클랙슨 빵빵거려 나는 지체할 수 없는 길을 나서야 했네 그렇게 서둘러 나선 길이 목에 가시로 걸리고 말았네 호수 옆을 지키던 참나무 하나가 두고두고 그 눈빛 걸릴 것이라며 부시럭 부시럭 마른 잎을 떨구었네 늘 문밖을 향해 있는 내 발목이 고질병이었네 하나같이 푸른 대나무들 곡소리에 호수가 젖어 들었네 호숫가에 오래 자란 버들처럼 내 노래는 유하지 않고 낮달처럼 홀로 외따롭네 하늘의 거울이었던 호수 위로 말간 얼굴 하나 사라져 가네 구절초 하얀 꽃무리도 구름을 따라 가을 향기를 지우며 가네

스페셜 데이

선물은 간혹 길을 잃고 헤매다
뒤늦게 제 주인을 찾기도 한다

슬퍼하지 마렴 아이야

세상이 온통 둥가둥가 들썩인다
어린이인 것만으로도 환한 꽃들
아이들 얼굴에 핀 꽃만큼 예쁜 꽃이
있을까, 엄마 아빠의 웃는 얼굴만큼
따사로운 햇살이 있을까
TV 화면에는 구름 비행기를 탄 아이들이
떠다니고 있다
오늘만이라도 어린이라 행복하길 바란다

아득하게 멀어져 가버린 구간의
내 어린이날은 화창했을지 먼 산을
끌어당기는 중인데 '까똑!'
알림음을 타고 날아온 명랑한 메시지

"김미선 어린이, 어린이날 축하해요"
타임머신의 오작동은 뜻밖의 시간에
불시착해 나를 불러낸다
어른이 소원이었던 어린 날의 기도가
지금 배달된 것이라고
구름 속에서 숨바꼭질하다 떨어진 메시지로
5월의 잔디밭에 노랗게 피고 있는
나도 어린이

은교欁喬는 은교를 만나고

사람과 이름이 동명인 나무는 서로의 거울이 되어
우므러진 흔적을 연민으로 바라보았던 것입니다

사이펀*의 나비들이 첩첩 산골에 모여듭니다
글 읽는 소리 끊어진 서원을 한 바퀴 휘잉 돌아보고
서원 앞 오백 살 드신 은행나무와 조우 했는데요
하,
한 달도 살아 본 적 없는 나비들이 저 아득한
우주를 하루의 날갯짓으로 알 턱이 없으려니 했습니다
혼자서는 안을 수 없는 품을 안아보겠다고
그늘에 든 나비와 새들이 은행나무를 포옹하는데
지구 한 바퀴쯤 돌아온 듯했습니다

그런데 하나같이 더듬이를 턱에 괸 줄나비들이
은행나무 품속에 수상한 나뭇가지를 추문했습니다
은행나무에 은행나무가 아닌 낯선 식구의 더부살이라니
놀랍지만 수수께끼는 허를 빵 터트리는 재미가 있습니다
스스로 멀리 가지 못해 덜미가 잡힌 열매처럼 말이죠
제 발등에 떨어져 꿈을 줍는 중이었을 것입니다

새의 눈을 닮은 버찌와 오디 그리고 빨갛게 여문
찔레가 은행나무 죽은 구멍에 움을 틔웠다는

〉

나무의 품은 또 하나의 우주라 새들의 둥지가 되고
나무의 몸에 새들이 씨앗을 심어주기도 했습니다

상처는 아픈 자리에 다른 생명을 키우기도 합니다

너 참 대단하다
그 자리에 있던 강은교 시인이 은행나무를 가만히 쓸어
주었는데요

그때,
누군가 외쳤던 것 같습니다

오늘부터 덕천서원 앞 은행나무는 은교나무입니다
나비들은 이렇게 나무를 만나고 꽃을 만납니다

* 계간 시 전문지. 강은교 시인과 사이펀의 시인들이 월 1회 산보여행을 다
  닌다.

속도의 변수

– 코로나 팬데믹

영화의 전당 지붕을 들어 올린 파도가
공중에서 멈춰 버렸다 파도가 멈추자
솟아오르던 빌딩도 멈췄다
야외광장은 고요한 심해였다가
텅 빈 허공이 되기도 한다

고요 속에 나는 푸른 물고기가 되어
야외광장을 유영한다

누군가 옮기던 의자를 내려놓는 소리가
정적을 송두리째 뒤엎는다
웅크렸던 침묵이 소름과 절규로 튀어 오른다
느림은 초고속을 침묵은 굉음을 견제한다
거침없이 달리던 속도를 제압한 것은
절규이며 반항이며 숨통을 위협하는
외침이다

수영강을 내려다보며 영광을 좇던
조각상의 두 팔이 사라졌다

우리의 모습이 투영된 낯익은 얼굴과
사라진 두 팔은 속도의 변수다
새 한 마리 차가운 심장을 막 통과하다
정지된 오늘

빛의 속도를 좇다 급브레이크를 밟은 채
멘탈이 붕괴되었다

소외

어이, 반바지! 반바지가 다른 반바지를 불렀다

긴 사각 테이블에 막 착석하려던 롱다리 반바지가 펭귄 팔이 되어 멋쩍게 웃었다 롱다리를 찔러봤던 그녀는 아담한 체구에 늘상 허벅지와 종아리가 드러난 반바지 차림이었으므로 반바지 그 자체였다 긴 사각 테이블에 둘러앉은 긴바지들 틈에서 롱다리 반바지를 발견한 순간부터 롱다리는 그녀만의 어이, 반바지!가 되었다 테이블에 모여 피자를 먹던 긴바지들이 코 낀 롱다리 반바지를 보며 배꼽을 쥐었다 과자 봉지를 뜯을 때도 어이, 반바지! 콜라 뚜껑을 열 때도 유리잔이 넘어질 때도 어이, 반바지! 어이, 반바지! 반바지도 긴바지도 서먹했던 공간이 팝콘 웃음으로 차올랐다 그녀가 호명하며 신나게 눌러대던 어이, 반바지! 버튼에 나가떨어진 배꼽들이 테이블 주변을 굴러다녔다 반복된 웃음에 팝콘은 눅눅해졌고 반바지는 원래의 긴바지가

되었으면 했다 그러나 반바지는 반바지의 시간을 놓기 싫었기에 어이, 반바지! 버튼을 계속 눌러댔다 긴바지들의 배꼽은 시들해졌고 헛웃음 우려내는 재탕에 식상한 긴바지 하나가 더 이상 웃지 않았다 웃음이란 웃음 다 털

어내며 웃던 반바지도 긴바지도 더 이상 웃지 않게 될 동
안 긴바지 하나가 낙동강 오리알이 되었다 마침내 어이,
반바지! 가 멈췄다

　감정이 무뎌지며 기쁨도 슬픔도 고갈된 채 무거운 그림
자로 침잠하고 있는 오리알

화양연화 花樣年華

전어철 돌아오면
문전성시 이루던
바닷가 어느 횟집 생각 앞장서는데
침 고이는 그 생각일랑 접어야겠다
비린 생선 간하듯 소금 저미며
갈대 바람에 실려 온 소문
그 횟집 며느리, 태풍에 실려 가고
횟집은 문닫았다 한다

바람이 몰고 온 열정은 사랑이라 정의할 수 없나,

가을 오면 떠도는 비린 향기
꼬리지느러미에 갈색 세로줄 무늬
바다로 떠난 눈먼 물고기를 생각한다
검푸른 그 등빛 낚아챈 파도는 누구였을까
앞치마에 가려진 은백색 비늘을 알아채다니
그들의 바다는 여전히 푸른지
가을 햇살 맛은 지금도 달짝지근한지
바닷가 자그만 포구에 앉아

싸한 그리움의 술잔들 불콰해지며

소문 같은 한 시절이 고소하게 흘러가고 있다

가을꽃이었을까, 그녀도

두 개의 액자

우리의 오늘이 내일 당도할지 확신은 없습니다만 관능적 풍경을 담아도 되겠습니까 배경에는 감자꽃이 피었다 지고 있고 벚꽃잎 풀어헤친 옷자락이 바람의 꼬리를 문 길목에 접어듭니다 우리가 도착한 해변의 모래사장에 그네가 있습니다 가질 수 없는 날개 대신 멀리 뛰기라도 해보라는 걸까요 남원 광한루 쯤 있을법한 신윤복풍인지 프라고나르*풍인지 시대를 초월해도 풍속은 로맨스를 외면하지 못해요 발상은 멀수록 반전을 꿈꾸게 하고 저만의 세계를 확장해요 같은 방향을 바라보는 서로의 풍경이 다른 두 개의 액자이거나 열 개 스무 개일 수도 있는 다양성처럼 말이죠 틀의 각도는 성장의 온도로 구워진 특별한 안경 아닐까요 해변이 쓰고 있는 직사각형의 안경은 우주를 담을 수도 있겠네요 하지만 줌 기능이 장착되지 않은 내일을 앞당길 수는 없습니다 현기증 나는 일이지만 허공을 박차고 날아올라야겠습니다 수평선 너머 구름빵을 낚으려면 치마가 나리꽃으로 피어나야 할텐데 짧은 속눈썹으로 수평선이 뒤집히도록 꽃 피울 수 있겠습니까 나의 액자는 파도치는 함성으로 채색되고 있습니다 당신의 액자는 진행형입니까 아니면 미완성입니까 함

부로 뛰어들 수 없는 인생의 바다는 시퍼런 눈으로 오늘
의 심장을 움켜쥡니다 당신의 액자는 저 바다를 새파란
파도와 동행하여 그려 넣을 수 있겠습니까

* 장 오노레 프라고나르(1732~1806) 18세기 프랑스 로코코 회화의 거장으
로 주요작품 〈그네〉가 있다.

시끄러운 지구

제발 좀 멈춰주세요, 조용히 살고 싶어요
누군가 고함을 칩니다
땅에서 들려오는 소리인지 내 목소리인지

문밖의 소음은 오늘도 나를 덮친다
종일 덤프트럭이 쏟아내는 돌덩이들의 굉음에
초점 잃은 내 눈동자들 굴러다닌다
집중력을 잃은 내 정신도 굴러다닌다
내가 온전한 인간일 수 있는 날이
얼마나 될까
빈터에 축대를 세우는 동안 참을 인(忍)자
수백 장을 쓰고 또 쓴다
태양을 정수리에 박아둔 채
시험에 들게 하는 이 누구인가
핏대 올리는 온도계가 위험수위를 넘어
혈관을 터트린다
나의 뇌관은
압력솥의 추처럼 픽픽픽 뜨거운 김을 쏟아내고 있다
점점 위태로워진다

포크레인이 시멘트 바닥을 긁어대는 소리
더 이상 견딜 수 없는 나는
포크레인에 깔려 비명을 내지르고 있다

어느새 신기루처럼 소리들은 사라지고

지난날들이 구름처럼 지나가고

결빙結氷

변심은 한파의 성질을 가졌다
천 개의 얼굴을 가진 사랑이라 해도
온기 없는 변명은 경계를 바꾼 서로의 외부
눈보라 떠도는 마음 밖에 겨눈 비수
하늘을 품던 무늬는 설레던 기억을 지운다
입속의 말 꽁꽁 얼어붙은 채
죄목을 알 수 없는 감옥이 된다
거울의 얼굴을 가진 물의 기억은
물결을 지우며 차가운 심장을 교체한다
불청객으로 나타난 한파는 안녕을 모르고
나를 끌어안은 채 계절을 나고 있다
나를 외면한 빛이여
얼어붙은 말들 모조리 깨부수면
입속에 잠든 언어들 깨어날까

다시 물이 되어 흐를
해빙解氷의 봄이

플라스틱 감정

너의 '보고 싶다'가 혀끝에서 맨드라미꽃으로 피고 있다
너는 그것을 화병에 꽂아두기도 할 것이다
검은 모래로 쏟아질 '대량 씨앗'이라 말하면 너는
전화기 너머에서 붉으락푸르락 시들어 버릴지
충만함을 남용하니까 쉽게 삼키고 쉽게 뱉는 거야
넌 향기가 없는 게 매력인 것 같다
그냥 버려도 미련이 없으니까
세상 모든 것들이 다 가볍게 중심을 잃고
진짜 맞어? 뽑아도 또 있고 버려도 또 있고
거기도 있고 저기도 있고 모래에도 싹이 트겠다
너의 오늘이 간편한 일회용이 아니길
'기대하셔도 좋습니다'는 번번이 산화된다
넘치기 위해 솟구치는 탄산음료처럼
기대보다는 대비를 해야할 것 같다
어제 하던 일은 끝냈을까 궁금하지만
오늘 일을 마무리하기 전 내일마저 부푸는 너에게
내가 해줄 수 있는 게 너무 많다 기대는 하지마

어떤 모습으로든 성형 가능한 기분이
우리를 허무하게 할테니까

사이펀
현대시인선
25

수풀떠들썩팔랑나비

김곳

| 3부 |

공손한 착지법

혹 내뱉는 바람을 타고
바스락거리며 땅에 닿는 소리들
느티나무가 뱉어내는
저 홀가분한 낙하
제 몸 키우는 동안 지친 마음
잠시 내려앉아 쉬어간 자리에
잘 말린 옷을 벗어 놓는다

온몸으로 주저앉지 못하고
공중에서 익힌 날갯짓으로
땅에 대해 공손한 깃털 착지법이다
제 발등을 덮고
제 그림자를 덮고
자꾸 들썩이며 부산해지는 스스로를
지그시 눌러 보기도 하는 손

빨래

산복도로 따개비집 옥상에
얼룩무늬 거죽 한 벌
삼바 춤을 추고 있다
정글 누비던 두 다리
먹이 움켜쥐던 두 팔
팔랑팔랑 내어 걸고
쿵짝쿵짝 리듬을 탄다

알몸 빠져나간 빈 껍데기
고지의 바람 거칠어서
실크도 밍크도 아닌
얼룩무늬 나일론 거죽
사냥 끝낸 허공에서도
멈추지 않는 본성이
산바람
신바람

이 또한 지나가고

지긋지긋해 수십 년간 닦았던 접시들
주방장이 된 후 지금껏 탑돌이를 해왔어
쌓여있는 접시를 보면 원반던지기를 하고 싶어져
아주 멀리, 멀리 던져버릴 거야
상다리 휘어지는 늘 같은 메뉴의 차례상들
달그락 달그락 거품으로 흘려보냈는데 아직도 비린내
가 나
쨍그랑,
명절이면 방송사마다 노래하는 앵무새들
영혼 없는 따라쟁이들은 새장 밖으로 날려버릴 거야

올해는 젖은 앞치마를 벗고
탑돌이 하던 부르튼 발걸음들 불러 앉혀야지
접시 같은 보름달 뜨면
달의 창밖 바라보실 엄마도 함께
마크 샤갈 그림의 우아한 명품 찻잔에
에스프레소 한 잔 진하게 건배 할거야
쨍그랑,

다시는 접시를 돌리고 싶지 않아

모나리자 증후군

시간을 지우는 지우개가
그대 숲을 지우고 있다

가는 머릿결 빈약해진 숲에
눈썹을 그리다 말고 길을 잃고
눈을 뜨고 있어도 안개 속 같은 그대가
눈 뜬 맹인처럼 거울 속을 헤맨다

벽에 걸린 시간의 바깥으로
아득한 눈目의 우주를 돌아
낮달로 떠 있는 저 창백한 얼굴
가만히 데려와서는
거울 앞에 걸어두고 자화상을 그린다

입가에 살짝
그녀 닮은 입꼬리 머금고

이별이라는 별까지

그는 서쪽으로 떠났다
고흐처럼 녹슨 권총을 품고 떠났다
탐스럽고 노란 태양을 꽃병에 꽂아두고

starey starey night

동행할 수 없는 사랑도 함께 시드는 동안
총알이 뚫고 간 마음의 구멍마다 별이 태어났다

어둠이 깊어지면 반짝이는 눈동자들
회오리를 그리며 어둠을 파고드는 우리의 별들
고흐의 별밤처럼 푸른 하늘에 별이 되어 뜨겠지

다시 해바라기 피는 저곳까지 얼마나 걸릴까

그리마

많은 발을 가졌다는 건
고행 같은 먼 길을 부여받았다는 것

발의 개수가 좀 모자라도
파릇한 풀잎에 숨어
귀뚤귀뚤 노래하면 안 되나
찌르찌르 울어보면 안 되나

바람 든 허깨비 같은
소리 없는 발들만 왜 그리 많은지
마주치면 내가 소름 돋는 발, 발

너무 많은 흔적을 가지고 있다

온몸의 세포들이 받들어 총

하필 많은 것이 발이어서 뛸 수가 없겠다
발의 수만큼 필요한 양말은,
필요한 신발은

이십 사색 수채화 물감 색깔이면 좋겠다

발가락이 없는 발
발톱이 없는 발
뒤꿈치를 세우며 가는 발
신발인지 쉰발인지
지나간 길에 남겨진 간지러운 발자국엔
물 한 방울 없는 슬픔이 묻어난다

발의 흔적 감출 새라곤 없는
부산한 맨발이
오늘도 어느 반지하 장판을 빠져나오다 그만
생사의 건널목이 되고

너무 많은 발을 가진 기차가 달려간다

땅거북의 멸종을 생각하다
 − 임종성 시인의 부고에 부쳐

한낮 폭염에 화물선 선로가 휠 정도의 뜨거운 여름이었
다
 태어난 이래 가장 숨 막히게 화기를 뿜어내던 더위였다
 단벌 양복이 이 세상 외투였던 시인의 부고가 왔다
 삼 년 전 티토의 죽음이 갈라파고스 땅 거북의 멸종이
라 했을 때
 시인들 몇은 그를 가리키며 땅거북은 아직 존재한다고
말했다
 그의 몸은 작고 왜소했으나 몸에 짊어진 무게만큼은 지
구상
 거북 중 가장 큰 것이 분명했다
 땅거북이 갈라파고스를 상징했던 것처럼 땅거북이 사
라진
 그곳은 쓸쓸한 오지일 뿐인데 우리는 왜,
 모래사막을 터벅터벅 걷는 그가 보였던 것일까
 그는 우리가 어루만질 수 없는 거리에서
 언제나 조용히 웅크린 사람
 자신이 안고 있는 고통과 시련에 요란하지 않았으며
 시와 함께 고고했을 뿐이다

그는 매일 매 순간 주님께 기도하던 사람
그 기도가 하늘에 닿긴 한 것인지 야윈 몸에
한 장 한 장 깃털을 심던 모습이
마지막이었다

숨통을 틀어막던 무더위가 물러갔다
시원한 바람에 날개를 펼치면 다가올 새 계절은
천국의 향기가 실려 올 것 같다

훨훨 하늘을 가로지르는 새를 보며 손을 흔들어 본다

사이보그 어때

몸속으로, 찢고 꿰매고 보형물이 들어간다

부풀려서라도 당당해지리라

각을 부여잡고,

용감한 자만이 아름다움을 차지할 수 있어

나는 짝짝이 박수라도 쳐 줄게

뽀빠이를 꿈꾸는 몸짱들이 근육을 키운다

바게트처럼 구워진 온몸의 표면에

슈퍼 근육들이 주먹 불끈 쥐고 자리 잡는다

당신의 몸은 풍선처럼 아름답다

세월에 흘러내린 엉덩이가 오늘을 허문다

보여줄 것이 없고 보이는 것도 없으니 나는 잠자리 눈을

달고

세상 구경이나 나서야지

섹시하고 빵빵한 애플 엉덩이

수술받다 죽을 뻔했다는 제시카는

가슴에 탱탱볼까지 두 개나 매달았다

남들의 시선이 칼을 받들 용기를 주었다나

눈에 불을 켠 채 잠자리 눈을 다섯 개나 굴리고 있는 나는

벌써 피곤해진다

바람이 빠질지라도 내일을 미리 볼 필요는 없다

나는 사이보그에 눈을 감는다

지구도 수술을 받는 중인지 화끈 달궈지고 있다

페르소나, 너는 누구

수많은 자화상에 그날의 날씨를 그려낸 프리다 칼로

못자국마다 흘리는 핏물 가려운 이마를 습관처럼

문지른다

나는 매일 또 다른 자화상을 그린다

수십 년 함께 했던 얼굴 처음 나는 어디 있나

송곳을 세우던 당신의 차가운 심장이

오래된 사소함으로 지워질 때도 되었겠지

현관을 나가 엘리베이터에 오른 순간부터

친절한 얼굴이 되고

수시로 다른 각도를 취하는 당신의 볼록렌즈는

몇 개의 얼굴이 될까

색이 다른 알 수 없는 당신에게 보여줄

수많은 나의 얼굴 메뉴를 고른다

취향에 맞는 오늘을 위해 함박웃음을 가진 수국인지

아니면 멜랑꼴리 한 날 맵고 짠 마라탕은 어떤지

순번을 매겨 두고 선택하는 건 희망적이잖아

오늘 나의 취향은 이 얼굴로 클릭할게

졸린 눈을 비비곤 하던 늘 같은 색 개그맨의

확 다른 얼굴

민머리에 두른 커다란 헤드폰은 왕관인지 머리띠인지
열광의 도가니로 불꽃 만개한 축제에
부처도 춤추게 한다는 다른 얼굴
그는 개그맨인가, 스님인가, 아니면 DJ인가,
슬픔을 반죽하고 음악을 풀어놓고
당나귀를 타고 달려요
당신의 얼굴은 몇 개인가요, 문밖을 나서는 그대
지금은 몇 번째 얼굴입니까

서쪽에 뜨는 해처럼

미로시장은 칸 칸 벌집 밖으로 내민 얼굴이 간판이다
벌 떼처럼 날갯짓하며 와글와글 오가는 사람들 좀 봐 도
심 속에 밤나무 숲이라도 있나 봐 이미 오래전에 피었다
진 요란한 꽃무늬 바지에 주차 걱정 없는 손수레를 끌고
장 보는 이웃집 아지매들 이왕이면 눈도장 찍는 습관이
사회성이고 융통성이다 긴가민가 그 사람이 그 사람인가
해도 반갑다고 미소 짓다 보면 이모도 되고 형님도 된다
그게 오래된 미래인 거다 검은 비닐봉지에 달랑 두부 한
모 어묵 한 팩 사 들고 시찰을 돌지만 오늘도 안녕 내일
도 안녕 그들의 미로 숲은 우리의 오래된 미래다 빌딩 숲
에 가려져 더딘 시간이 천천히 가는

| 4부 |

나의 이름이 호명될 때

내 이름에는 나를 옥죄는 목줄이 있다
이름자에 깃들여진 수많은 의미의 암호들
길고 짧고 높고 낮은 어투에 세뇌된 사회적 통념이
나를 들었다 놨다 죽였다 살렸다 압도한다
김미선! 나의 이름이 호명될 때
'받들어 총!'으로 경직된 신입 훈련병이 된다
내 이름 호명하며 영혼을 쥐고 흔드는 목줄이 있고
용기를 심어주며 따뜻하게 마음 데워주던 목줄이 있다
얼마 전 수술대에 올랐던 아버지가 생사의 기로에서
간절히 불러대던 이름 미선이 엄마야! 가 붙잡은 내 발목
내 이름이 업고 있는 엄마를 대신한 인칭 대명사
누구의 엄마 누구 아빠 누구 아내
참 든든하고도 무거운 이름이다
따뜻하고도 가슴 시린 이름이다
김미선,
가만히 내가 나를 불러본다

비상구

선을 그었습니다
칼이었습니다
목이었습니다
어둠 속을 헤매다 그곳이
비상구인 줄 알았습니다

어른은 아이의 등불이라 말하면서 정작 언제 어디서 불을 밝혀야 하는지 모릅니다

장난이 싸움으로 끝나면 장난은 장난이 아니고 폭력이라 합니다 친구에게 손 내밀어 악수하면 사과였지만 어른들이 나서면 사과는 용납할 수 없는 폭력이라 합니다 같이 공 차며 놀았어도 같이 잠자고 같이 물놀이하던 친구였어도 어른들이 선을 그어 나쁜 놈이라 하면 나쁜 놈이 됩니다 어른들이 선을 그으면 착한 놈이었어도 나쁜 놈 나쁜 놈이었어도 착한 놈이 됩니다 가해자도 되고 피해자도 됩니다 학교는 이제 공부하는 곳이 아니라 감옥이 됩니다 책상을 들고 유배를 보냅니다 친구를 박탈당해도 학생을 박탈당해도 내 생각을 박탈당해도 나쁜 놈

이 되어 격리됩니다

　어른은 아이들의 신입니다
　눈금 없는 잣대로 경계선을 긋고 단상에서 선과 악을
삶과 죽음을 선고하는

까마귀 작당

시커먼 무리가 민가를 폐허로 만들었다 그곳은 피폐해
졌고

이제 서로에게 경계의 눈동자를 굴릴 뿐이다

검은 머리 맞댄 수상한 야합 그리고 페스트균처럼 번지
는 전쟁놀이에

검은 새들이 브라운관에서 사라지질 않는다

혈육을 잃고 떠돌이 삶에 지친 난민들에게 누가 귀환길
을 열어 줄 것인가

내 땅에는 기약 없는 가을볕이 따사롭다

국화 향은 축포처럼 피어나 울긋불긋한 들판에 나도 만
개한다

눈부신 햇살 아래 구름 비행기 타고 노는 당신도 이기
적인 방관자

누구도 눈치채지 못하게 그렇지만 아무렇지 않다고 오
늘 같은 내일의 해가

기울고 있다

전선의 꼬챙이에 줄줄이 꿴 채 핏빛 노을에 구워지는
까마귀 떼

매일같이 어둠의 식탁에 먹혀도 불사조처럼 태어나는

까마귀 떼

플레세츠크 우주기지에서 극동 캄차카반도로 대륙 간 탄도미사일을

발사했다지 그래도 우리는 평화주의자

분단의 반쪽 영토 북한에서도 동해상에 탄도미사일을 날려댄다

까마귀 고기는 먹지 않아도 나는 어제오늘 일 까먹는 게 다반사라

아름다운 오늘에 나도 굿샷을 날린다

돌부리 하나 없는 잔디 융단을 접었다 펼쳤다 도낏자루 썩을 걱정 없이

한 대륙에서 다른 대륙까지 전략목표 이탈로 오비 존에 떨어진다고 대수겠나

소나무에 앉아 호시탐탐 카트를 맴돌던 수상한 녀석들이 거들먹거린다

까악, 까악 사람들은 모르지 요것도 모르지 숫자놀음밖에 모르지 몰라,

순식간에 카트를 덮친 까마귀 떼가 사람 것을 탐한다

고래고래 질러대는 사람들 고함 따위는 거짓말 풍선이
되고
'뛰는 놈 위에 나는 놈'들 풀숲에 내려앉아 만찬을 즐긴
다

까악, 까악 고래 심줄을 튕기며 까마귀 음성이 허공을
긁는다
메롱메롱 같은데 시치미 뗀 채

풀꽃도 꽃

족보 있는 혈통 아니어도 갖출 건 다 갖추고 꽃 피었는
데 아무도 모른다

깨알만 한 게 눈 코 입 다 붙어있는 아기 같다 생쥐의
눈처럼 종달새의 눈처럼

또롱또롱 까만 구슬 같은 눈동자를 굴린다 강아지처럼
꼬리를 흔들고 토끼처럼

깡총 깡총 뛰어갈 것만 같다

건널목 보도블럭 틈새에서 태어나 오가는 발길에 밟혀
가면서도 꽃을 피운 풀꽃

쭈그려 앉아 가만히 들여다 보아야 보인다

순록 타투

눈 덮인 시베리아 벌판 툰트라를 달리다
꿈에서 깨어났다
설원을 누비던 야생의 본능이 나를 흔들어
깨웠던 것이었을까
나는 그림에 불과하다 그러나 나와 다른
디엔에이에 이식되어 부활을 꿈꾼다
한 몸이 된 생명의 피로 나는 피어나고
배경을 압도하던 자태로 각을 잡는다
꿈꾸는 자유는 꿈속에 있을 뿐이다
그가 살아 숨 쉴 때 나도 깨어나고 그가 어디든
달려야만 벌판이든 설원이든 나는 달릴 수 있다
매끄러운 피부를 가진 사람들이 제 몸에 왜
또 다른 무엇을 불러들이려 하는가
삭막해진 영토에서 붉은 노을이라도
만났던 것처럼

몸의 주인인 남자가 달린다
팔뚝에 근육이 붙자 나도 뜨거워진다
나의 목은 신전의 기둥처럼 견고해지고

양 갈래로 솟아오른 뾰족한 뿔은 거룩해졌다
위대한 뿔이 나의 상징이었던 날처럼
나 또한 몸을 키우는 남자의 상징이 되어간다
우리는 서로 공존할 때 내가 존재한다
그러나 나는 길들어진 들판의 유랑자

눈부신 설원을 향해 오늘도 질주를 꿈꾸는

울새의 향방을 묻다

 – 비욜리에서

피요르드 산마루에 만년설 얼었다 녹기를 반복할 때
백발이 된 물줄기는 만 년 전 멈춰버린 날갯짓이었나
깨어나는 꿈의 연대기에 청동빛 어린다
둥지를 가진 새들은 날개가 있어도 유빙으로 떠가고
우리는 풍경이 바뀌어도 정물화로 남아있다

오늘은 자작나무 숲이 보이는 통나무집에 짐을 풀고
수레바퀴처럼 삐그덕거리는 뼈마디를 어루만져 본다
찻잔을 마주한 채 시선을 잃은 동공洞空을 지나
주인 노파의 뒷모습이 창밖 멀리 사라지는 동안
방 안은 숨 막힌 파편들로 진저리를 친다

눈부신 자연의 노르웨이 숲이 무색한 불협화음이다

못마땅한 일기가 "내 탓"이라 말하는 네게 다가가려다
결국 "당신도 말이지"라는 토를 단 너를 외면한다
꼬리에 꼬리를 물며 아홉 개의 꼬리가 자라는 구미호를
이 먼 이국까지 와서 불러들여야겠는가, 우리는
투명한 얼굴을 가진 유리창을 함께 바라볼 수 없다

백야는 낯설고 이방인이 되어 나는 문밖을 나선다

많은 방문을 지나 터널처럼 긴 복도 끝에 숲이 열리고
고요한 밤하늘 조각달이 종이배로 떠있다
마법에 걸려 잠든 숲을 깨우며 새 한 마리가 운다
지구 반대편까지 처음 날아간 새처럼 나의 심장은
제 역할을 놓치며 울컥울컥 눈물을 삼킨다

나는 '분홍색을 원치 않고, 깊숙한 숲속을 좋아하는
돼지'*가 되고 싶어
정적에 갇혀 병정이 된 나무들과 고요한 숲은
서로를 배제한 채 서로의 일부로 침묵할 뿐이다

우리는 하나가 아닌 너와 나로 같은 공간을 공유한다
"내 탓이다"와 "당신도 말이지"라는 말의 가시거리가
좁혀지지 않는 것처럼 먼 곳의 밤은 적막하고 아득하다

* 파스칼 키냐르의 저서 『파스칼 키냐르의 말』에서

몸을 읽다

거듭된 일상은 제 몸의 옷이 된다

목 없는 남자가 지나간다 짊어진 가방 속에

구겨 넣은 기린 목이라도 있을 것 같은 남자

어제도 오늘도 저 남자의 그림자 읽고 있었다

의자에 붙어버린 엉덩이와 굽은 등이 서가를

빛내는 시간이었나

책 속에 자신도 모를 무덤 몇 개 팠을 것이다

제 몸에 언어의 탑을 쌓고 절 한 채 지은 남자

목을 뺀 남자가 지나간다 짊어진 가방에 불을 켠 채

우리 앞을 지나간다 마로니에 가로수보다 높이 솟은

기린 목에 구름 목도리 두르고 간다

벤치에 앉아 펼쳐둔 시집과 원도심의 행간 사이

서로 서로의 경계를 곁눈으로 스케치하며 간다

짊어진 가방에는 새까만 눈동자들 무성하다

어깨 위에 내려앉은 더께의 그림자 채석강이

되어 간다

테이블 밀쳐낸 우리도 저 후광의 불빛 따라

시의 그림자를 입는다

미개인 혹은 미 개인

도심 한복판에 멧돼지가 출몰하자 도시가 발칵 뒤집혔다
인간이 겨눈 총에 몇 마리는 죽고 몇 마리는 도주에 성
공했다
배고픈 속이 뒤집힌 건 멧돼지고 입장이 뒤집힌 것도 멧
돼지였다
원래 그들의 땅에 신도시가 들어서자 사라진 길을 찾느
라 헤맨 것을

달리는 차를 피해 2차선 도로 중앙분리봉 사이에 누군
가 멈춰 섰다
멧돼지는 아니다 10미터도 채 안 되는 거리에 건널목은
벌써 지웠다
개발도 문명도 불편한 미개인은 아직 진화 중일 것이다
그의 목적지는 눈이 기준이어서 신호등보다 익숙해진
몸이 늘 앞선다

말도 안 되지만 세상은 말도 안 되게 굴러간다
멧돼지에게 돼지우리를 분양해야 할지
미개인에게 총부리를 겨눠야 할지

산을 지고 새 떼가

하늘과 땅 사이에 새가 있다 있다는 건 존재한다는 것
나의 머리 위에 하늘을 날아가는 새들이 있다는 것

해 질 녘이었다 프로펠러 돌리는 기계음이 엄습해 왔다
하늘을 까맣게 뒤덮은 산 하나가 출렁출렁 이사를 떠나
고 있다
마당에 잡초를 매다 놀란 내 손에 호미가 이때다 허리
를 편다
끊임없이 보폭을 맞추는 날갯짓으로 새들의 구령이 산
을 지고 간다
수를 셀 수 없는 새들의 천만 군대가 일사불란하게 하
늘을 훑고
어느새 멀어져 사라졌다

하늘에 펼쳐둔 마지막 페이지를 넘기며 오늘을 덮고 가
던 날갯짓

벽은 은폐라는 한통속

 벽 너머 또 벽이다 저쪽을 가리기 위한 이쪽의 은둔과 은폐라는 다른 입장일 뿐 시간의 더께가 고스란히 묻어 있는 알루미늄 미닫이 출구가 삐걱대는 술집이다 시인들이 앉은뱅이 테이블에 둘러앉아 지상의 묘약을 마신다 마른 목 적시면 감응 신호처럼 술문도 빗장을 열고 말문도 문이란 문 열고 술술 나온다 시인이라면 술을 잘 마셔야 시도 잘 쓴다는 불문율을 믿고 코가 삐뚤어지고 배가 뒤집히는 난파선이 되었던 적 있다 시를 팔며 술을 마신다 돈은 안되지만 시가 세상의 전부인 것처럼 시자 붙은 것들 모조리 불려 나와 모래성을 쌓는다 술에 사차원의 시공간을 경험할지 모르나 벽면 가득 벚꽃이 흐드러져 화장실 문이 자취를 감추고 숨바꼭질한다 여주인이 그려 넣은 연분홍 벚꽃이 제철이라 만개한 꽃에 문의 행방이 묘연하다 겨우 찾아낸 문을 밀었더니 벚꽃 가지 하나 툭 부러지며 통로가 열렸다 우로 3보 좌로 3보! 벽과 벽 사이에 암호를 풀며 화장실을 간다 이상한 나라의 엘리스가 되어 오지 토굴까지 왔다 미로 시장인지 미로 게임인지 도심 속에 숨은 오래된 세상이 더 깊고 어두운 골목에

서 등을 돌린 채 모른 척 유인한다 우로 3보 좌로 3보 거
기서 거기 벽 너머 또 벽

사이펀
현대시인선
25

수풀떠들썩 팔랑나비

김곳

해설

후기자본주의 사회에 대한
비판과 균열 내기

김경복(문학평론가, 경남대 교수)

후기자본주의 사회에 대한 비판과 균열 내기
- 김곳 시의 의미

김경복
(문학평론가, 경남대 교수)

산업자본주의가 심화된 현대사회에서 서정시의 위상은 과연 어떠한 모습이어야 할까? 서정 장르의 특성을 세계와 조화하고 합일하여 동일성을 획득하는 데에 있다고 본다면, 서정시는 사회현실로서 주어진 산업자본주의와는 화해할 수 없는 성질을 지닌 것으로 볼 수 있다. 곧 산업자본주의의 심화로 발생하는 당대 사회의 비생명성, 비영혼성, 비서정성 등과 불화의 관계에 놓이게 된다는 것을 의미한다. 그것은 당대의 서정시인이 서정시인으로서 본질적 의식을 갖고 창작에 임한다면, 현대사회의 부정성을 인식하고 그에 대한 저항적 심리 관계를 형성하지 않을 수 없다는 말이 된다.

오늘날의 예술에 대해서 이런 관점으로 생각해볼 때 아도르노의 사회에 저항하지 않는 예술은 중화와 타협을 통해 현실과 거짓된 화해를 이룬다는 경고는 가슴에 새겨 둘 만한 내용이다. 많은 서정시가 자기기만에 빠져 있거나 시대의 문제성을 외면하거나, 아니면 당대 사회의 모순에 대한 인식을 제대로 하지 못한 채 쓰이고 있다. 시대적 관점에서 예술의 가치나 목적성을 자각하지 못한 허위적 낭만의 세계에 안주하고 있는 셈이다. 그런 점에서 그 어떤 문학이라도 당대 사회성에 대한 인식은 필수적이다.

당대 현실의 부정성을 심도 있게 인식하고 치열하게 투쟁하는 시를 우리는 상찬할 수 있겠지만 이런 시는 사실 그리 많지 않다. 그럴 때 당대 사회의 모순에 대한 제 나름의 성찰의 형식이나 가열찬 투쟁의 전선에 제대로 서지 못하는 자신의 처지에 대한 반성의 작품도 어느 정도로는 가치 있다고 말할 수 있다. 그렇게 본다면 김곳 시인의 작품이 바로 여기에 속한다고 볼 수 있지 않을까? 그녀의 시는 후기 자본주의 사회의 문제점이라 할 수 있는 '일상성' 내지 '허위적 물질성'에 대해 예민하게 반응하고 그것을 미학적 형상으로 그려내고자 한다. 다소 빈정대는 어조로 현대사회의 문제점을 풍자하는 듯한 시인의 작품은 당대 사회에 대한 문제의식으로 가득 차 있다는 점에서 주목된다. 투쟁적 저항성은 약하게 보이지만 타락한 현실에 대한 인식의 측면이나 자신에 대한 경계는 뚜렷하여 문제적이다.

그런 점에서 김곳 시인의 시는 역사적 차원에서 시대의

식을 갖고, 그 당대를 살아가는 사회인으로서 자신의 자세를 성찰의 대상으로 삼고 있다고 볼 수 있다. 시인 스스로 "존재의 의미는 스스로 채색하여 입는 옷"(『시간을 그리다』)이라는 언명을 하고 있는 만큼, 그녀의 심중에 소용돌이치는 후기 자본주의 삶의 허위에 대한 반감을 좀 더 내밀히 공감하기 위해서는 그녀 시가 그리는 이미지의 중심으로 들어가 보아야 할 것이다.

현대세계의 일상성에 대한 인식과 자기반성

시적 이미지는 정신성을 담고 있다. 이미지는 삶의 구체성을 담보하면서 시인이 당대 현실을 어떻게 바라보고 있는지를 알려준다. 그럴 때 김곳 시인의 대부분의 시적 이미지가 매우 암울한 형상을 띠고 있는 것이 특징이다. 가령 "벽 너머 또 벽이다"(『벽은 은폐라는 한통속』), "입속의 말 꽁꽁 얼어붙은 채/ 죄목을 알 수 없는 감옥이 된다"(『결빙結氷』)라는 시구가 대표적이라 할 수 있는데, 고립과 단절로 해석될 수 있는 답답한 공간이 시인의 의식의 심층을 드러내는 이미지로 작동하고 있다.

이러한 암울한 시적 이미지는 현대사회의 일상성이 갖는 무의미에 대한 진단의 의미를 띠고 있다. 자본주의적 삶이 극대화된 도시적 생활은 무료하고 익명화된 존재로 살아가게 한다. 이를 시인도 의식했는지 "거듭된 일상은

제 몸의 옷이 된다"(「몸을 읽다」)고 현대세계 속의 일상성의
문제를 시화하고 있다. 다음 시편들을 보면 이를 잘 알
수 있다.

저랑 같이 사실 분 구합니다

욕실에서 혼자 버블건을 발사하던 아이가
카톡 단톡방에 SOS를 날립니다
대가족 방이지만 대답 없는 방
아무 답이 없어도 아이는

계속 버블건을 쏩니다
메시지를 날립니다

★저랑 같이 사실 분 구합니다★
★저랑 같이 사실 분 구합니다★
★저랑 같이 사실 분 구합니다★
★저랑 같이 사실 분
구합니다★
★저랑 같이 사실 분
구합니다★

— 「어떤 구인 공고」 부분

시간을 지우는 지우개가

그대 숲을 지우고 있다

가는 머릿결 빈약해진 숲에
눈썹을 그리다 말고 길을 잃고
눈을 뜨고 있어도 안개 속 같은 그대가
눈 뜬 맹인처럼 거울 속을 헤맨다
— 「모나리자 증후군」 부분

이 두 편의 시는 현대 도시적 삶의 문제성을 시화하고
있다. 모두 도시적 일상의 모순으로 나타난 단절된 삶과
허위적 욕망의 문제를 다루고 있다. 이는 현대인의 일상
적 삶이 무의미한 삶의 형식으로 전면화되어 있음을 풍
자하고 있는 것이라 할 수 있다. 우선 「어떤 구인 공고」는
"저랑 같이 사실 분 구합니다"라는 말의 반복에서 볼 수
있듯이 소통과 연대로 삶의 의미를 확보하지 못하고 살
아가는 현대인의 부정적 상태를 드러내고 있다. "대답 없
는 방" 속에 놓인 존재는 유폐된 존재로서 건강한 삶의
관계를 형성하지 못하고 있는 현대인의 전형적 모습이
다. 특히 마지막 연의 "★저랑 같이 사실 분 구합니다★"
의 벽보 문구가 갈수록 작아지는 모양은 인간 삶의 본질
적 형식으로 주어진 소통과 교류가 원천적으로 차단당해
있거나 그러한 것을 하지 못하는 자아의 위축 상황을 도
형적 형상으로 드러낸 형태시다. 이런 형식과 내용으로
볼 때 김곳 시인의 시는 일정 부분 실험적 모더니즘 시풍

을 띠고 있다고 볼 수 있다.

이러한 현대사회의 일상성 문제는 「모나리자 증후군」에서도 마찬가지로 나타난다. 모나리자 증후군이라는 말 자체가 자율신경의 부조화로 과도하게 살이 찌는 증상을 말하고 있음을 두고 볼 때, 이는 욕망을 절제하지 못하는 현대인의 병적 상황을 드러내는 용어로 볼 수 있다. 김곳 시인은 이를 현대인의 자의식 없음, 즉 비판적 지성 없이 무한 욕망에 휘둘리는 것으로 판단하여 "눈을 뜨고 있어도 안개 속 같은 그대가/ 눈 뜬 맹인처럼 거울 속을 헤맨다"로 형상화해 내고 있다. 현대사회의 허위 욕망에 물든 인간의 내면 심리를 초점화하여 부조해 보이는 것이다.

이러한 무미건조하고 고립된 일상성은 산업자본주의적 현실 속에서 삶의 의미를 찾지 못한 사람들에게 천형으로 다가오는 위기의 지점이다. 앙리 르페브르라는 학자는 이러한 일상성의 문제를 『현대세계의 일상성』이란 책에서 현대세계의 일상인들은 자신의 존재를 자신이 소유하지 못하고, 사회적인 여러 구속력에 자신의 존재를 빼앗긴 것으로 풀이하고 있다. 그에 따르면 일상은 경쟁 자본주의가 생겨난 이후, 소위 〈상품의 세계〉가 전개된 이후 현대인들의 삶을 지배하는 원리가 된다. 개인은 이 일상 속에서 자유로운 삶을 살고 있는 듯하지만 사실은 자본주의 체제가 내포하고 있는 소비 이데올로기에 과잉 억압되어 의식의 강제를 받고 살고 있다. 즉 일상은 여러 복합적인 특질을 갖고 현대인들로 하여금 정체성의 혼란과 소외에 빠뜨려 진정한 자아를 찾지 못하게 한다는 것이다.

그런 관점에서 볼 때 자폐적이고 자기 정체성의 혼란을 겪고 있는 인물들을 형상화하고 있는 김곳 시는 현대세계의 일상성에 포박된 존재들이 갖는 현대적 삶의 모순과 그 심각성을 문제 삼고 있다고 해야 할 것이다. 그렇기에 자연스럽게 이런 일상성에 갇힌 자아를 해방시키고자 하는 시적 의식을 가지게 되는 것은 자연스럽다. 즉일상적 현실 속에서 진정한 자아를 추구해보고자 하는 것인데, 이는 현실적 삶에서는 자신에 대한 반성으로 나타난다. 다음 시들이 이러한 것을 잘 보여주고 있다.

> 내가 온전한 인간일 수 있는 날이
> 얼마나 될까
> 빈터에 축대를 세우는 동안 참을 인忍자
> 수백 장을 쓰고 또 쓴다
> 태양을 정수리에 박아둔 채
> 시험에 들게 하는 이 누구인가
> 핏대 올리는 온도계가 위험수위를 넘어
> 혈관을 터트린다
> 나의 뇌관은
> 압력솥의 추처럼 픽픽픽 뜨거운 김을 쏟아내고 있다
> 점점 위태로워진다
> 포크레인이 시멘트 바닥을 긁어대는 소리

더 이상 견딜 수 없는 나는

포크레인에 깔려 비명을 내지르고 있다

─「시끄러운 지구」 부분

　지난 과오는 그냥 눈감아 준 적이 없다 종이에 손가
락을 베이고 흠칫 놀랐다 종이에 칼날이 숨겨져 있을
것이라 생각도 못했던 것처럼 네 상처의 통증에 비수
가 있어서 놀란다 〈중략〉 백치미를 가장한 종이에는
숨겨진 칼날이 있다 지난 과오를 지나친 통증의 유발
이다 방관하지 말라 방관했던 나는 상처를 쥐어 뜯는
아이의 고통과 몸부림에 하늘이 무너졌다 곰처럼 우직
하고 순한 사람은 없다 곰의 습성을 알고나 곰 같다 말
하라 지금껏 너를 사랑한다 말하면서 앞모습이 아닌 등
만 보인 채였다는 사실도 미처 몰랐다 뒤통수가 얼굴
이 되어 있는 걸 몰랐다 미안하다 미안해서 밤새 울어
대는 풀벌레 소리가 나 대신 미안하다 미안하다 노래
를 불러대서 잠 못 드는 밤이다 종이는 칼이 아니지만
무심할 때 비수가 된다

─「종이에 숨겨진 칼날」 부분

　위 두 편의 시는 현대세계의 일상성에 포박된 존재가
'나'임을 인식하고 그것에 대해 성찰하는 작품들이다. 상
당한 자기반성적 성찰이 전개되는 만큼 시는 매우 지적
인 양상을 띤다. 우선 「시끄러운 지구」에서 이러한 점은

위기에 처한 자아의 모습을 형상화하고 있는 부분에 잘 나타나고 있다. 일상적 삶의 현실로서 등장하는 지구의 상황은 "핏대 올리는 온도계가 위험수위를 넘"는 모습이거나 "포크레인이 시멘트 바닥을 긁어대는 소리"로 등장하여 위기가 고조되는, 즉 정상적 인간으로서 살 수 없는 환경으로 제시된다. 이러한 상황으로 인해 시적 화자는 "내가 온전한 인간일 수 있는 날이/ 얼마나 될까"라는 재귀적 자기 확인에 들어간다. 이 재귀적 반성은 자아에 대한 의식에서 자신의 처지를 "점점 위태로워지"는 상황이나 "포크레인에 깔려 비명을 내지르고 있"는 것으로 확인하게 된 것만으로 중요한 의미를 획득한다. 이는 일상성이 가지는 문제성을 인식하고 있고 거기에 우리는 어떻게 대응해야 할까 하는 비판적 지성을 동원하고 있다는 말이 되기 때문이다. 이는 꽤 심도 있는 동시대성에 대한 인식이자 자기반성이다.

이러한 내용은 「종이에 숨겨진 칼날」에서도 마찬가지로 나타난다. 이 시는 무미건조하게 살아간 지난날의 자신에 대한 날카로운 반성의 비망록이다. 시적 화자는 "종이에 손가락을 베이고 흠칫 놀라"는 것으로 타성과 방관에 젖어 살았던 자신을 되돌아본다. 종이는 칼이 될 수 없다는 생각 자체가 하나의 편견으로 작용했듯이 사물이나 현상의 진실을 보지 못한 나의 맹목이 무엇인지를 꽤 충격적 모습으로 반성한다. 곧 "방관하지 말"아야 했지만 "방관했던 나"는 "지난 과오를 지나친 통증"으로 인해

"잠 못 드는 밤"을 보낸다. 생의 진실을 직접 대면함으로써 발생한 고통은 진실을 깨달은 자가 감수해야 할 몫이다. 그 고통을 감당해 냈을 때 "종이는 칼이 아니지만 무심할 때 비수가 된다"는 무서운 진리를 터득할 수 있다. 이는 일상적 삶의 무의미에 젖어 살던 자아가 자신의 진실한 실존에 대한 자각을 얻었을 때 얼마나 깊이 있는 안목을 얻게 되는지를 보여주는 대목이다.

이러한 현대세계의 일상성은 후기 자본주의적 삶이 가지는 물질성과 허위성에 의해 더욱 과도한 왜곡과 고통을 현대인에게 겪게 한다. 코로나19 자체도 현대인의 병적 상황을 상징하는 것으로 본다면, "빛의 속도를 좇다 급브레이크를 밟은 채/ 멘탈이 붕괴되었다"(「속도의 변수 -코로나 팬데믹」)는 표현도 현대인의 병든 의식 상황을 표현한 것으로 볼 수 있다. 세계 전체가 무미건조하고 권태로운 일상으로 포위하여 현대인의 정신세계를 황폐화하거나 '멘탈이 붕괴되는' 상황을 만들고 있다. 그러한 상황에서 비명을 지르지 않을 존재가 어디에 있겠는가? 그러나 물질적 자본주의 삶의 형식에 빠져든 사람들은 이런 존재의 위기감을 알아차리지 못한다. 그러나 시인 김곳은 현대세계의 일상이 우리 인간을 병들게 하고 있다고 부르짖고 있다. 아니 시인 자신도 일상에 체포되어 그 소리를 크게 외치지 못하고 작은 말로 중얼거리고 있다. 입 안의 중얼거림, 그 뇌까림이야말로 당대 시가 갖는 시적 진정성일 것이다. 그런 곤궁한 처지를 우리 또한 보지 못할

까닭이 없다.

왜곡되고 물질화된 삶에 대한 풍자와 환멸의 어조

문제의 초점은 이러한 현대사회의 병리적 징후 현상이 개선될 것으로 보이지 않는다는 점이다. 김곳 시인에게 산업사회 일상적 현실의 모순은 더욱 심화하여 정체성 혼란을 넘어 생존의 위기감으로 확산된다. 이때 발생하는 것은 지독한 세계풍자와 자학의 증세다. 후기 자본주의적 삶에 대응하는 시적 화자의 빈정대는 모습으로 나타난 위선적 반응은 우리 시대의 본질적 초상이 된다. 김곳 시인의 의식은 바로 그곳으로 직진한다. 좀 더 공격적 목소리를 내기 시작하는 것이다. 다음 시편들이 이를 잘 보여준다.

> 몸속으로, 찢고 꿰매고 보형물이 들어간다
> 부풀려서라도 당당해지리라
> 각을 부여잡고,
> 용감한 자만이 아름다움을 차지할 수 있어
> 나는 짝짝이 박수라도 쳐 줄게
> 뽀빠이를 꿈꾸는 몸짱들이 근육을 키운다
> 바게트처럼 구워진 온몸의 표면에
> 슈퍼 근육들이 주먹 불끈 쥐고 자리 잡는다

당신의 몸은 풍선처럼 아름답다

〈중략〉

바람이 빠질지라도 내일을 미리 볼 필요는 없다

나는 사이보그에 눈을 감는다

지구도 수술을 받는 중인지 화끈 달궈지고 있다

─「사이보그 어때」 부분

충만함을 남용하니까 쉽게 삼키고 쉽게 뱉는 거야

넌 향기가 없는 게 매력인 것 같다

그냥 버려도 미련이 없으니까

세상 모든 것들이 다 가볍게 중심을 잃고

진짜 맞어? 뽑아도 또 있고 버려도 또 있고

거기도 있고 저기도 있고 모래에도 싹이 트겠다

너의 오늘이 간편한 일회용이 아니길

〈중략〉

어떤 모습으로든 성형 가능한 기분이

우리를 허무하게 할테니까

─「플라스틱 감정」 부분

　이 두 편의 시는 물질적 욕망으로 속악한 현실이 된 후기 자본주의적 삶의 형태를 풍자하고 있는 작품이다. 현대세계의 일상성과 연관되어있는 것이지만 좀 더 의식이 치열해지고 어조가 도전적이다. 이는 김곳 시인의 의식 지향성이 심화하고 있는 자본주의적 삶의 방식과 불화하고 거기에 저항성을 드러내는 것으로 이해할 수 있다. 먼저 「사이보그 어때」를 통해 그것을 살펴보면, "몸속으로, 찢고 꿰매고 보형물이 들어간다/ 부풀려서라도 당당해지리라"라는 표현을 통해 알 수 있듯이 욕망 충족을 위해서라면 그 어떤 기괴한 상태도 용납하는 자본주의적 논리를 위선적 어조로 빈정대고 있다. '사이보그'로 대변된 왜곡된 건강은 "당신의 몸은 풍선처럼 아름답다"는 말에서 풍자의 절정으로 나타난다. 인성과 생명성을 상실하고 기계적 아름다움과 가치에 탐닉하는 후기 자본주의적 삶의 방식을 역겨운 시선으로 바라보고 있는 것이다. 시적 화자는 아무리 개인적 비판과 저항을 감행하더라도 미친 세태로 변해가는 이 현실을 정지할 수 없다는 생각이기에 "나는 사이보그에 눈을 감는다"는 표현을 통해 깊은 피로감을 드러낸다. 열악한 상황의 정도에 따라 시적 화자의 무기력한 절망도 그 깊이를 더하는 셈이다.

이러한 시적 내용과 감정은 「플라스틱 감정」에서도 그대로 나타난다. 자본주의적 삶의 방식의 한 형태를 전형적으로 보여주는 '플라스틱'을 대상으로 하여, 효용과 폐기의 문제성을 "어떤 모습으로든 성형 가능한 기분"과 "그냥 버려도 미련이 없으니까" 등의 표현으로 드러낸다. 자본의 이윤을 위해서 무한 욕망을 부추기는 소비 이데올로기는 "세상 모든 것들이 다 가볍게 중심을 잃고" "간편한 일회용"이 되게 만드는 현실을 조성하고 있다. 시적 화자는 이러한 비생명적 현실을 "넌 향기가 없는 게 매력인 것 같다"라는 반어적 어조로 비꼬거나 "거기도 있고 저기도 있고 모래에도 싹이 트겠다"는 말로 그 위기의 심각성을 괴로워하고 있다. 이익만을 추구하기 위해 기계적이고 인위적 세계의 확산도 마다하지 않는 이 세계의 상황은 매우 암울한 묵시록적 전망을 보여준다. 인간성의 말살과 뒤집힌 가치로 전면화된 현실은 지옥의 상황이거나 종말의 상황이다. 김곳 시인이 바라보는 당대 사회의 현실은 이처럼 매우 암담한 풍경을 띠고 있다.

인간성의 중요한 특성이라 할 수 있는 성실과 참됨이 조롱받는 현실에서 사회적 소통은 가식이 판칠 수밖에 없다. 위선적 태도와 어조는 이때 문제적 형식이 된다. 가령 시인의 시 중에서 "상상은 지금 바로 현실이 돼요/ 안녕하세요 고객님, 기분 전환이 필요하시다면/ 손끝에 날개를 달아드려요"(「손톱 변천사」 – 1 네일아트)의 태도와 어조는 자본주의적 삶의 방식을 추동하는 허위욕망의 문제를 반어적 기법을 통해 잘 드러내고 있다. 성실하고 진정어린 모습 자체가 하나의 가식임을 드러내는 시적 표현 방식은 사회적 현실 자체가 진정한 가치는 숨고 허위적 가치만 판치는 것을 그대로 담아낸 형식이다. 위선, 혹은 위악이 뒤섞여 모든 것이 자본주의적 논리에 휩쓸리고 마는 반이성적, 반생명적 상황과 비전을 보여주고 있는 것이다.

그런 점에서 자신에 대해서도 믿지 못하는 상황이 발생하는 것이 어쩌면 더 정직한 모습일지 모르겠다. 속악해

가는 자신의 모습을 객관적으로 바라보는 모습은 지성을
가진 존재라면 당연한 모습일지 모르지만 자본주의적 삶
의 방식에 젖어 살아가는 사람이라면 자신의 의식 자체
도 타락되어 있지나 않은지 의심해볼 수 있다. 다음 시편
에서 김곳 시인은 자신을 시적 대상으로 삼아 우리들 자
신이 허위욕망이나 우상에 물들여 매우 타락한 모습으로
살고 있을지 모른다는 매우 불안한 의식을 드러내고 있
다. 그 시는 이렇다.

> 수많은 자화상에 그날의 날씨를 그려낸 프리다 칼로
> 못자국마다 흘리는 핏물 가려운 이마를 습관처럼
> 문지른다
> 나는 매일 또 다른 자화상을 그린다
> 수십 년 함께 했던 얼굴 처음 나는 어디 있나
> 송곳을 세우던 당신의 차가운 심장이
> 오래된 사소함으로 지워질 때도 되었겠지
> 현관을 나가 엘리베이터에 오른 순간부터
> 친절한 얼굴이 되고
> 수시로 다른 각도를 취하는 당신의 볼록렌즈는
> 몇 개의 얼굴이 될까
> 색이 다른 알 수 없는 당신에게 보여줄
> 수많은 나의 얼굴 메뉴를 고른다
> 〈중략〉
> 당신의 얼굴은 몇 개인가요, 문밖을 나서는 그대

지금은 몇 번째 얼굴입니까

― 「페르소나, 너는 누구」 부분

이 시대를 살고 있는 '나'와 '당신'들의 모습이 진정 제대로 된 것인지를 묻고 있는 이 시는 매우 당대적 삶의 본질을 천착하고 있는 문제적 작품이다. 사회적 관계에서 수많은 채널이 있을 수 있지만 이 시가 보여주고자 하는 것은 "나는 매일 또 다른 자화상을 그린다"에서 보는 것처럼 이익과 가식의 관계로 이어지는 나 자신조차도 믿을 수 없다는 것이다. 이는 자아를 둘러싼 현대사회의 본질적 속성을 폭로하고자 하는 데에 그 초점이 있지만 그 환경 속에 놓인 우리들의 존재성 자체를 문제 삼고 있는 것이기도 하다. 그것은 진정성이 사라지고 허위적 가치로 존재하는 사회현실이 우리의 실존적 환경이고 그 환경의 영향 하에 우리들도 타락한 모습으로 존재하고 있다는 진단이다. 가끔 "처음 나는 어디 있나"라는 자의식적 반성의 시선을 가져보기도 하지만 이 세계는 "수많은 나의 얼굴 메뉴를 고르"게 하는 상품의 세계, 가식의 세계라서 참된 '나'를 찾을 수 없다.

이 시에 이르면 세계 자체의 타락에 젖어 살면서 그것을 벗어날 수 없는 자아에 대한 반성적 어조와 함께 어차피 변할 수 없음에 따른 자조와 환멸의 목소리를 동시적으로 듣게 된다. 곧 환멸의 심리가 이 시대의 의식 있는 지성인의 목소리로 등장하게 됨을 볼 수 있다. 환멸은 타락한 현실에 타락한 삶을 살면서 타락하지 않으려 애쓰는 사람들의 전형적인 삶의 한 형식이다. 여기에 김곳 시인의 정직성이 놓여 있다. 자신을 기만하지 않고 타락한 자아와 그것을 인지하고 벗어나려 애쓰는 반성적 자아의 양면성을 다 보여준다. 그래서 매우 지적이고 이해하기 어려운 부분을 갖는다.

이번 시집에서 김곳 시인의 모든 시들이 당대 사회의 모순에 대한 부정과 환멸의 감정에 휩싸여 쓰였다고 보기는 어렵다. 어떤 작품들은 꽤 나긋한 어조로 사물의 본질을 성찰하거나 삶의 과정에서 보았던 아름답고 가치 있는 일을 말하고 있다. 그중 사물이나 자연 현상에서 보편적 원리를 터득하고자 하는 의식의 편린은 우리를 놀라게 하면서 아름다운 시적 풍미를 보여준다. 가령 "기도의 끝에 닿은 듯/ 그 결정체로 남겨진/ 매미의 허물"(「썸머 세레나데」)이나, "많은 발을 가졌다는 건/ 고행 같은 먼 길을 부여받았다는 것"(「그리마」), 그리고 "상처는 아픈 자리에 다른 생명을 키우기도 합니다"(「은교橣蕎는 은교를 만나고」)와 같은 표현은 범상치 않은 깨달음과 삶의 경륜을 느끼게 해준다. 일면적 현상이나 단순성을 넘어 총체적 국면을 바라보려는 태도에서 역설적 인식을 보여주는 이 시구들은 김곳이 시인이 세계를 바라보는 시각이 만만치 않음을 드러내 준다. 그리고 "청각장애인 둘이 마주 앉아/ 팔랑춤을 추"는 수화 광경을 통해 "수풀떠들썩팔랑나비/ 수풀떠들썩팔랑손나비"(「수풀떠들썩팔랑나비」)라는 다소 애틋하고 정겨운 장면을 표현하고 있는 것은 시인의 감성이 풍부하고 따뜻한 마음을 유지하는 사람임을 느끼게 해준다. 거기에 "다시 해바라기가 피는 저곳까지 얼마나 걸릴까"(「이별이라는 별까지」)라는 시 구절로 볼 때 어떤 부분은 감성 어린 목소리로 몽상에 잠기길 좋아하는 모습도 발견할 수 있게 한다. 김곳 시인의 의식 내부에서도 여리고 감성적인 자아가 있는 한편 최종 심급의 차원에서 당대를 살아가는 사람에게 무엇이 진정한 모순인지를 직시해야 하는 차가운 지성적 자아도 있음을 볼 수 있는 것이다.

그렇지만 이 모든 것을 따져 보았을 때, 김곳 시인의 시적 자리는 후기 자본주의적 삶의 형식에 대한 정면 응시와 거기에 패배하여 신음을 내지르는 현대인의 전형성을 드러내는 데에 있다고 보인다. 그녀의 시적 인식은 더 나은 사회와 진정한 삶의 방식은 무엇인가 하는 탐구의 정신에 기반해 있는 것으로 볼 수 있다. 이 점은 매우 건강하고 아름다운 의식의 발현이지만 고통스러운 일이기도 하다. 우리의 생명을 이윤 생성의 도구적 존재로 만들어가는 자본주의적 삶의 방식에 균열을 내고 참된 가치의 삶이 어디에 있는지를 묻는 형식이기에 매우 의미 있는 시적 활동이라 하지 않을 수 없는 것이다. 10년 동안 시집을 내지 못하고 이번에 시집을 내게 된 것도 이와 같은 고뇌의 시간이 깊었던 까닭으로 이해해도 될 것이다. 시인의 건투를 빈다.